28 Mars 1900

COLLECTION

DE

M. le Docteur MIREUR

DE MARSEILLE

PRÉFACE ET NOTICES

PAR

L. ROGER-MILÈS

COLLECTION

DE

M. le Docteur MIREUR

DE MARSEILLE

PRÉFACE ET NOTICES

PAR

L. ROGER-MILÈS

Le Catalogue se trouve à

Paris	Chez Me Georges Duchesne, commissaire-priseur, *6, rue de Hanovre.*
—	Chez M. A. Bloche, expert près la Cour d'appel, *28, rue de Châteaudun.*
Londres	Chez M. F. Davis, *147, New Bond Street.*
—	Chez MM. Hollender et Cremetti, *47, New Bond Street.*
Rome	Chez M. San Giorgi, palais Borghèse.
Francfort-s/-Mein.	Chez MM. Goldschmidt, *Rossmarkt.*
Berlin	Chez Gve Lewy, *57 et 58, Wilhelmstrasse.*
Munich	Chez M. Bernheimer, *3, Maximilienplatz.*
Amsterdam	Chez M. J. Boasberg, *63, Kalverstraat.*

CATALOGUE

DES

88 TABLEAUX

DE

Monticelli

ET DES

TABLEAUX ANCIENS & MODERNES

Pastels — Dessins — Gouaches — Aquarelles

DE DIFFÉRENTES ÉCOLES

Composant la Collection de

M. LE DOCTEUR MIREUR

DE MARSEILLE

ET DONT LA VENTE AURA LIEU

HOTEL DROUOT, Salles n°s 9 et 10

Les Mercredi 28, Jeudi 29 et Vendredi 30 Mars 1900

à 2 heures 1/4

Me GEORGES DUCHESNE
COMMISSAIRE-PRISEUR
6, rue de Hanovre, 6

M. ARTHUR BLOCHE
EXPERT PRÈS LA COUR D'APPEL
28, rue de Châteaudun, 28

Chez lesquels se trouve le présent Catalogue.

EXPOSITIONS

PARTICULIÈRE
Le Lundi 26 Mars 1900

PUBLIQUE
Le Mardi 27 Mars 1900

DE DEUX HEURES A SIX HEURES

Entrée par la rue de la Grange-Batelière.

CONDITIONS DE LA VENTE

La vente sera faite au comptant.

Les acquéreurs paieront *cinq pour cent* en sus des prix d'adjudication.

Paris. — Imprimerie Georges Petit, 12, rue Godot-de-Mauroi.

A. MONTICELLI

I

La collection de M. le docteur Mireur est bien connue à Marseille. Depuis plus de vingt-cinq ans, l'amateur, à l'éclectisme hospitalier, a réuni chez lui une infinité d'œuvres, de toutes les écoles, qu'avec une parfaite amabilité il laissait voir à ceux que la réputation de son petit musée attirait à sa porte.

Mais, ce qui mérite une place très spéciale dans l'étude de cette collection, c'est la grande quantité d'œuvres de Monticelli qu'on y rencontre. Plus de quatre-vingts peintures du peintre marseillais sont là, qui vont passer sous le feu des enchères, après avoir réjoui pendant de longues années l'œil de leur passionné collectionneur; et il nous semble opportun de consacrer ici quelques lignes à cet artiste d'une si curieuse originalité, au sujet duquel on s'est si souvent borné à accepter de mensongères légendes.

Parce qu'il y avait eu dans sa vie quelque heurt, et aussi quelque mystère, le mystère d'une passion silencieuse et discrète, mais tenace, cependant, pour une souveraine, entrevue un instant au cours d'une fête publique, on a voulu faire de Monticelli une sorte d'amoureux désolé, pour qui l'art n'aurait été qu'une distraction d'amateur.

Personne, au contraire, ne fut amené à l'art, dès au sortir de l'enfance, par une vocation plus nettement, plus volontairement définie; et personne ne se donna à l'art avec une passion plus désintéressée, plus complète, plus triomphante! Monticelli, à qui l'existence réserva bien des difficultés, bien des déceptions, ne connut au fond qu'une joie, la joie de peindre; mais cette joie-là, il l'a connue dans sa plus magnifique expansion, dans une mesure que son tempérament de méridional était excusable de porter à l'excès; et lorsque sa bourse était vide, il aurait plutôt scié toutes les planches de son mobilier et toutes les portes de son logis, plutôt que de se passer de panneaux, où il pût, à grands coups de couteaux à palettes, non pas seulement étaler, mais véritablement *modeler* ses figures de rêve, dans le décor romantique où son imagination se plaisait infatigablement à les évoquer.

II

Il était né en 1824, à Marseille, et, selon la volonté de son père, qui professait les idées de Jean-Jacques, il fut élevé dans les Basses-Alpes, près du village de Lurs, au plateau de *Ganagobi*. « On ne lui apprit rien, écrit un de ses biographes, M. Louis Guinand, on ne lui enseigna rien que quelques notions religieuses. Il grandit solitaire et sauvage, en pleine nature, courant tête nue au soleil l'été; dans la neige, en sabots, l'hiver. Il y gagna un développement physique superbe et une santé robuste dont il eut besoin plus tard. C'est là, sans doute, qu'il contracta cet amour profond, cette passion de la nature qu'il a gardée jusqu'à la mort et qui en a fait un grand paysagiste. »

Il y resta jusqu'à l'âge de seize ans; puis, plus assidu à crayonner qu'à apprendre la grammaire, il obtint à grand'-

peine qu'on le laissât suivre sa vocation, et, dès 1846 — il avait alors vingt-deux ans — il remporta, à l'École des Beaux-Arts de Marseille, le premier prix de modèle vivant. Ce succès, cependant, ne désarma pas l'hostilité que le jeune artiste sentait monter contre lui : c'était l'époque où le titre d'artiste, surtout en province, n'était guère considéré comme une recommandation. Le spectre du romantisme se dressait grimaçant devant la bourgeoisie timorée et quelque peu jalouse; et puis, cette vocation, encore qu'elle valût à la famille de Monticelli des ironies et même des reproches, de la part de gens — la race en est éternelle — qui se mêlent de ce qui ne les regarde pas, cette vocation ne répondait nullement aux rêves que le père et la mère avaient faits autour du berceau de l'enfant : le père, d'aspiration modeste, songea un temps à en faire un droguiste ; la mère eût voulu lui faire adopter une profession dite libérale. Adolphe Monticelli tint bon : il voulut être peintre et peintre il fut.

Après avoir travaillé au musée de Marseille, dont il avait copié les œuvres maîtresses, il vint à Paris : on était en 1847 ; il visita les musées, avec une admiration mêlée de piété, et il fréquenta l'atelier de P. Delaroche. Mais, dès 1849, il dut s'en retourner à Ganagobi, où ses parents s'étaient retirés pendant une épidémie de choléra. Cette reprise d'atmosphère et de liberté devant la nature ne fut pas inutile à l'évolution de sa manière ; il avait vu l'école et sa convention : il comprit de suite ce par quoi elle s'éloignait de la vérité, et il eut désormais la volonté d'épeler ce que lui montrait la nature, sans se soucier des traditions interprétatives.

A partir de 1851, il se mit en route et alla interroger tous les pittoresques du pays de France, du nord au midi, de l'est à l'ouest, partout bien accueilli et choyé ; car c'était une belle âme, tourmentée d'idéal, mais avec des côtés délicats de tendresse et de sincérité. L'année 1856 le trouva à Paris, où il connut Diaz et où il admira Delacroix. Le succès lui vint non pas dans la masse du public, mais du côté des artistes et des vrais amateurs ; succès peu dorés, il est vrai, mais succès qui avaient sorti son nom de l'ombre, puisqu'un de ses tableaux avaient été acheté 5.000 francs par Napoléon III, tableau qui fut brûlé dans le cabinet de l'empereur, lors de l'incendie des Tuileries.

En 1870, au moment où les obus tombaient dans son atelier, il s'en revint à Marseille ; il partit à pied, et, jusqu'à Lyon, son voyage fut une terrible odyssée, qu'il racontait plus tard avec une simplicité d'une bonhomie surprenante.

Il ne quitta plus Marseille. En 1883, la mort de sa mère lui fut un coup très rude ; sa gaîté s'en était altérée : la maladie surprit même un jour sa constitution robuste ; la paralysie gagna lentement le bras gauche d'abord, puis la jambe, et on le vit pendant quelques mois travailler à son chevalet, n'étant plus qu'une loque agonisante. La mort le prit enfin, et il repose, dans le cimetière de Saint-Pierre, au milieu d'une vallée, parmi les fleurs et sous l'ardent baiser du soleil.

III

Il y a dans l'œuvre de Monticelli plusieurs manières assez caractérisées. S'il avait commencé dans la calme sagesse des conventions classiques, il n'y demeura que peu de temps, entraîné qu'il était par un extraordinaire tempérament de coloriste. Mais il lui faudra longtemps avant d'atteindre à son expression définitive, à sa facture toute spéciale qui, parfois, a donné à rire à ceux qui ne comprennent pas qu'une œuvre d'art a besoin d'être vue sous un certain jour et avec un certain recul.

Lorsqu'il s'agit d'entendre une symphonie, on n'aurait qu'une idée bien imparfaite du concept créateur en se plaçant derrière les timbales ou les contrebasses ; il est nécessaire de se mettre à une distance déterminée, pour recevoir d'ensemble les effluves des masses orchestrales, pour juger du concours harmonisé des sonorités. Eh bien, Monticelli est un symphoniste : lorsque dans un fond de parc, sur un épais rideau de frondaisons, il place avec d'inaccoutumés empâtements de couleur, ses figures de châtelaines et ses gentilshommes en pourpoint, avec la longue épée en verrouille, il est indispensable, pour ne rien perdre des délicatesses et de la fougue, et, je veux le dire, de la bravoure et de l'audace du coloriste, de chercher le point et le jour voulus : alors, avec une netteté rigoureuse, on a devant soi le spectacle le plus enchanteur qui soit. Ce sont des branches aux feuilles sombres, toutes secouées de frissons ; ce sont des échappées de ciel, à l'azur profond, comme un émail étincelant révélé sous la langue de feu du chalumeau ; c'est un vase de pierre au décor fouillé, d'où s'échappent, merveilleuses et vivantes, des roses où butinent des papillons et des abeilles : ce sont des visages souriants, créés pour le baiser et l'amour. et de belles épaules à l'épiderme caressant, et des costumes aux satins pleins de reflets, aux broderies chatoyantes, aux joyaux rutilants de lumière ; ce sont des fronts mâles, des torses robustes, tels qu'on en imagine aux temps d'épopée, et qui n'ont quitté un instant la sanglante et forte vaillance des combats que pour se tourner vers d'autres victoires — celles-là plus difficiles — sur le cœur des belles. Et ce sont aussi des lévriers, aux formes féodales, ainsi qu'on en découvre dans de très anciennes tapisseries, mais bien vivants, les flancs palpitants, le poil lisse et gras, les yeux curieux, le nez au vent, les jarrets souples, la gueule expressive.

D'ailleurs, si l'on admet que la peinture doive être un charme pour l'œil, avant de se commenter par un effort de l'intelligence, on reconnaîtra quel nul plus que Monticelli n'a eu le secret de nous donner cette chanson harmonieuse de la couleur. Jamais polychromie, en dehors de toute signification réfléchie, n'a fourni à la pure sensibilité visuelle une jouissance d'une intensité plus parfaite. Le premier regard est déjà de l'enchantement, pour ceux qui veulent ce premier regard.

Mais, avec l'attention, voici que tout un monde s'évoque, et l'inspiration de l'artiste se hausse, pour notre compréhension, à de magnifiques visions. Prenez, par exemple, *Pompéi, le Vésuve, les belles Amies de Boccace,* les réunions dans un parc, et cinquante autres œuvres qui sont plus loin décrites, et vous jugerez l'ample beauté qui chantait dans l'âme de Monticelli son éternel cantique à l'idéal. Avec le temps, beaucoup de ces tableaux ont pris une patine ambrée d'une grande douceur, et le souffle dramatique y apparaît comme apaisé. Ils sont désormais, comme des contes de fées, émaillés de mille pierreries et appareillés pour le voyage à travers les siècles.

L. Roger-Milès.

Pompéi, par MONTICELLI.

Œuvres de MONTICELLI

1 — *Pompéi.*

Pendant la fête, autour des tables dressées, les couples se tenaient étroitement enlacés. Même il en était qui s'étaient levés et qui s'entraînaient dans l'ivresse de vivre aux danses les plus capiteuses. Des enfants à demi-nus circulaient dans cette joie. C'était comme un triomphe de la Beauté fêtée dans ce que l'humanité a de plus sensible, dans ce que l'art a de plus délicat. Mais voici que soudain la montagne, où gronde le feu, se met à cracher la fumée, les flammes, la lave qui brûle, détruit, étouffe, ensevelit. A droite et à gauche, voici des cavaliers qui semblent prêts pour l'épopée titanesque, comme si l'homme avait reçu la force de vaincre les éléments déchaînés. Mais non ! Le cratère fume toujours. Déjà, dans la campagne, bien des palais sont ensevelis. Pourtant la vie, dans un suprême effort, veut tenir tête à la mort. Et c'est dans un débordement de gaieté et de volupté que ces vaincus attendent, la coupe à la main, et le baiser au coin de la lèvre, la matière en fusion exaspérée par la main d'un dieu mauvais dans le cœur terrifiant de la montagne en furie.

Signé à gauche, en bas.

Toile. Haut., 52 cent.; larg., 1 m. 02.

Œuvre capitale dans les créations de Monticelli. La composition d'une verve endiablée ; la couleur d'un éclat auquel nul autre que lui ne pouvait atteindre ; les formes parées d'une caresse extraordinaire et séduisante de couleur ; des oppositions d'une rare puissance et qui ignorent les heurts de la brutalité ; un souffle enfin, un souffle de haute pensée capable de donner au peintre qui le ressent, la sublime émotion du travail, on découvre tout cela dans l'œuvre du peintre longtemps méconnu que l'on commence à tenir pour un maître.

2 — *Le Vésuve.*

Au fond, la montagne dont la forme disparaît sous la fumée et la flamme. Devant le spectacle superbement terrible, des cavaliers sont arrêtés, ayant à la fois l'effroi et l'admiration. Dans le ciel de grands nuages prennent des formes singulières. Il semble que ce soit l'évocation de tous les siècles morts qui s'éveillent pour assister à l'étincelante et anéantissante féerie.

Le peintre a exécuté cette œuvre dans une poussée d'inspiration. Il a traité la couleur comme si elle sortait liquide et émaillée du feu, et l'on dirait en regardant la scène et en oubliant pour un instant la tragédie, que l'artiste ouvre à nos yeux un incomparable écrin de gemmes et de pierreries.

Signé à droite, en bas.

Panneau. Haut., 48 cent.; larg., 99 cent. 1/2.

3 — *Les belles Amies de Boccace.*

Assises par groupes, au bord d'un parc, leurs minois souriants et graciles, belles et coquettes et voulant plaire, elles attendent que le conteur arrive. Elles ont sur leur front, qui s'harmonise si bien avec l'or fauve des chevelures et le chiffonné des belles étoffes, toutes les vertus et toutes les séductions de la femme : ces jeunesses et ces ingénues portent dans leurs regards toute la science du cœur humain, et l'on passerait à les regarder des heures et des heures ; et l'on comprend pourquoi, depuis des siècles, on aime à ne pas déchiffrer l'éternel mystère de leurs âmes qui mentent.

Signé à droite, en bas.

Panneau. Haut., 25 cent. 1/2; larg., 33 cent.

Les belles amies de Boccace, par Monticelli.

4 — *La Fontaine des Nymphes.*

Au fond du bois, à l'endroit où les faunes n'ont pas d'accès, les nymphes sont réunies autour de la fontaine. Sur les degrés de marbre blanc coule le cristal transparent. L'une des nymphes est assise de face, légèrement renversée ; deux de ses compagnes sont assises près d'elle et causent. A droite et à gauche, d'autres jeunesses sont en train de se dévêtir. Et tandis que des nids cachés dans l'épaisseur des branches une chanson printanière s'éveille, c'est toute une harmonie de chairs roses et blanches, de frissons nacrés, de cheveux blonds comme une gerbe mûre, ou fauves comme un soleil couchant, qui vibre dans la verdure, la verdure que les étoffes chiffonnées émaillent de fleurs inédites.

Signé à gauche, en bas.

Panneau. Haut., 51 cent.; larg., 75 cent.

5 — *L'Adoration des rois mages.*

A gauche, sous une tente ouverte en auvent, la Vierge et saint Joseph, dans un irradiement de lumière, présentent l'Enfant-Dieu. Devant eux, les rois mages, en somptueux costumes, tout étincelants de pierreries, s'inclinent avec un geste d'adoration. A droite, sur le fond du ciel bleu, se dresse la silhouette des chameaux. A gauche, dans l'ombre, on aperçoit le mufle fumant du bœuf, et au-dessus de la tente, dans l'infini, brille l'étoile du berger.

Signé à gauche, en bas.

Panneau. Haut., 49 cent.; larg., 71 cent. 1/2.

6 = *Le Pêcheur à la ligne.*

Sur le talus qui domine la rivière, il est assis, coiffé d'un chapeau de paille, en gilet et manches de chemise, et il pêche calme et silencieux. Derrière lui, se trouve une maisonnette dont la fenêtre est ouverte. Sur le rebord intérieur de cette fenêtre, dont le rideau déborde, une fillette est assise, attentive à l'hameçon paresseux du pê=cheur. A droite, dans un écartement de branches, on aperçoit le ciel, magnifiquement ambré des clartés du soleil couchant, dont les reflets d'or frissonnent à la sur=face de l'eau.

Signé à droite, en bas.

Panneau. Haut., 38 cent.; larg., 45 cent.

7 = *Le Repos dans le parc.*

Dans la clairière, ils se sont assis sur la mousse et devi-sent gaiment. Ils semblent des fleurs au milieu des fleurs. Vers la droite, une jeunesse debout achève d'arranger une gerbe des fleurs qu'elle vient de cueillir. Au fond, les arbres se dressent majestueux, vêtus de leurs frondaisons touffues, dont le frisson chante délicieusement troublant sur l'écran du ciel empourpré par la féerie du soleil qui se couche. Vers la gauche, dans un sentier couvert, s'éloi-gne une femme vêtue d'une jupe rouge et d'un caraco noir, et coiffée d'un bonnet blanc.

Signé à gauche, en bas.

Panneau. Haut., 51 cent.; larg., 90 cent. 1/2.

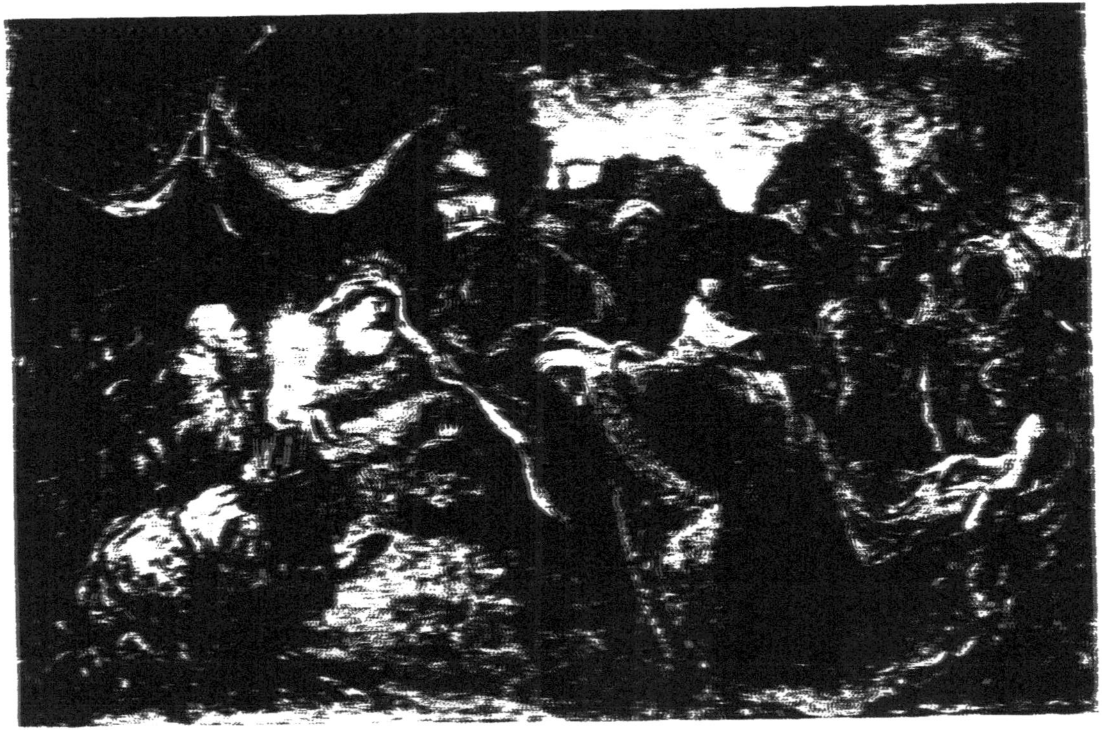

L'Adoration des Mages, par M[illegible].

8 — *Cendrillon.*

Dans un parc, des jeunes femmes sont assises autour d'une table couverte d'une nappe blanche. Derrière elles des pages s'empressent à les servir. L'une des jeunes femmes est vue de profil, et près d'elle, assis sur son arrière-train, un chien espère quelque miette de la table. A droite, voici Cendrillon qui vient servir ses sœurs. Plus à droite encore, d'autres figures d'homme, de femme et de chiens. Derrière la figure de Cendrillon, une porte dans son cadre d'architecture. A droite et à gauche des massifs d'arbres. Au fond, une grande coulée de ciel bleu.

Signé à gauche, en bas.

Panneau. Haut., 47 cent.; larg., 61 cent.

9 — *Gilles séducteur.*

Dans un coin de parc, deux couples jeunes se sont arrêtés et jouent. Une des jeunes femmes, vêtue de blanc et de rose, est couchée sur le sol, accoudée sur le bras gauche, la tête relevée et ouvrant de ses deux mains les feuilles d'un éventail. Elle regarde sa compagne en jupe crème et corsage rouge décolleté, qu'un galant vêtu en Mezzelin bleu veut à toute force embrasser. A la gauche du groupe Gilles, tentateur, inspirateur de toutes les galanteries. A travers les branches d'arbres aux frondaisons roussies, le soleil filtre et met de chaudes clartés blanches sur les satins et sur les soies.

Signé à droite, en bas.

Toile. Haut., 99 cent.; larg., 77 cent. 1/2.

10 — *Le Bal masqué.*

Dans le palais aux hautes arcades ogivales, dans l'étincellement des lumières, dans les parfums, dans la joie, dans le bruit, ils sont là en leurs costumes bariolés, tout à cette vie de rêve fugitif qui pour beaucoup doit être le rêve de la vie. A gauche, sur une estrade, les musiciens costumés eux-mêmes s'en donnent à cœur joie, de la trompette, de la clarinette, des cymbales et de la grosse caisse.

Signé à droite, en bas.

Panneau. Haut., 64 cent.; larg., 90 cent.

11 — *Méphisto.*

Dans un parc, sur un banc de pierre, Marguerite s'est assise, rêveuse. Elle est vêtue d'une toilette blanche et d'une jupe bleutée. Elle a les cheveux blonds tombant en nattes sur le dos. Près d'elle, elle a déposé une gerbe de fleurs qu'elle vient de cueillir. A sa gauche, Méphisto s'est assis, invisible peut-être pour la pauvrette, mais tentateur. Devant eux, deux chiens, l'un blanc, l'autre noir. A droite, un groupe de trois figures, dont la silhouette se détache sur un fond de ciel chaud.

Signé à droite, en bas.

Panneau. Haut., 48 cent.; larg., 31 cent.

12 — *Galante vesprée.*

Dans le parc, elle se promène. A droite, l'une est vêtue de rouge en robe décolletée, et une de ses compagnes, vue de profil à droite, s'amuse à la parer des fleurs dont elle vient de dépouiller un rosier. Un lévrier, vu de profil, à gauche, assiste à cette coquetterie.

A gauche, un personnage tenant en main un luth, cause avec une jeune femme au costume bariolé et vue de dos.

Signé à droite, en bas.

Panneau. Haut., 47 cent.; larg., 63 cent.

Gilles séducteur, par MONTICELLI

13 — *La Femme à l'ombrelle.*

Dans le parc, sous le soleil, la belle dame en grenat foncé se promène, tenant au-dessus de sa chevelure noire son ombrelle ouverte. Près d'elle, sa compagne, en robe verte et manteau rouge, semble effrayée par les aboiements d'un chien à qui la présence d'un autre chien placé de profil à droite n'inspire aucune sympathie. Derrière cette belle personne, un gentilhomme debout près d'un vase de fleurs retient par une chaîne un troisième chien à la fourrure noire. A droite, au-dessus d'un chemin tracé entre les arbres, il y a une grande traînée d'azur profond.

Signé à droite, en bas.

Panneau. Haut., 45 cent.; larg., 62 cent.

14 — *Le Bain.*

Au fond du bois, à l'endroit où la petite mare offre son miroir au ciel bleu, de belles dames se sont arrêtées. Et là, elles ont poussé à l'eau un chien qui s'est mis à l'abri sur une mince pointe de terre. Près d'elle, un autre chien ne semble nullement tenté par la baignade. Les belles compagnes sont vêtues de lilas, de rouge, de bleu, de vert foncé et de jaune paille.

Signé à gauche, en bas.

Panneau. Haut., 57 cent.; larg., 47 cent. 1/2.

15 — *Les Châtelaines.*

Au bas du perron, les jeunes femmes en riches atours vont remonter les marches qui les conduiront au château. L'une, vêtue d'une robe bleu vert, est déjà engagée sur les premiers degrés. Sa compagne, en corsage bouton d'or, relève sa robe couleur d'améthyste et s'arrête pour flatter de la voix deux chiens qui escortaient une jeune femme à droite, vêtue de vert émeraude. A gauche, une quatrième figure se penche vers un chat blanc qui s'approche à l'appel de la caresse.

Signé à droite, en bas.

Panneau. Haut., 44 cent. 1/2; larg., 62 cent. 1/2.

16 — *Marguerite.*

Elle est debout, en train d'effeuiller la fleur qui parlera. Une petite toque est posée sur ses cheveux blonds. Elle est vêtue d'une robe couleur d'améthyste à manteau de velours vert. A sa droite, sur un tabouret, un chien est assis, attentif à ce que fait sa maîtresse.

Signé à droite, en bas.

Panneau. Haut., 56 cent. 1/2; larg., 30 cent.

17 — *Le Perroquet.*

Dans un coin de parc, le perroquet sur son perchoir s'ennuyait sans doute de sa solitude. Autour de lui, de belles dames viennent passer des heures et causent. L'une debout, trouvant peut-être la conversation monotone, s'absorbe dans un travail de broderie. A gauche, un chien semble dépité de l'inattention dont il est l'objet.

Signé à droite, en bas.

Panneau. Toile. Haut., 37 cent. 1/2; larg., 48 cent.

18 — *Recueillement.*

Au milieu d'une salle, une jeune femme est vêtue de rouge et assise, vue de face, la main droite ramenée près de la poitrine. A gauche, quatre autres femmes assises également écoutent attentives, les yeux baissés, la lecture que fait un personnage placé dans l'ombre à droite, et tenant de ses deux mains un livre de prières ouvert.

Signé à droite, en bas.

Toile. Haut., 32 cent.; larg., 45 cent.

19 — *Les Barques de pêche.*

Sur la berge, à droite, on a tiré les barques de pêche. Du même côté, une construction aux charpentes peintes en vert. A gauche, l'eau qui bat le bord de petites vagues. Le ciel est chargé de nuages aux transparences fauves.

Signé à droite, en bas.

Panneau. Haut., 43 cent.; larg., 34 cent.

Le Bal masqué, par MONTICELLI.

20 — *Le Poulailler.*

Au bord de la mare, on a trainé la cage où sont les poussins. Autour de la cage, il y a des poules et des coqs. A droite, un canard hésite à se jeter dans l'eau.

Signé à gauche, en bas.

Panneau. Haut., 37 cent.; larg., 48 cent.

21 — *La Petite fermière.*

Elle est debout sur le sentier devant la ferme. Sa silhouette brune apparait de profil à droite ; elle donne du grain aux canards et aux poules qui font cercle autour d'elle. A droite, au-dessus d'un pli de terrain, le ciel bleu et transparent.

Signé à gauche, en bas.

Panneau. Haut., 35 cent.; larg., 22 cent. 1/2.

22 — *Promenade dans le bois.*

Divers groupes d'hommes et de femmes devisant sous la feuillée. Au fond à gauche, une amazone et un cavalier dévalant à vive allure, et, du même côté, un gentilhomme, chantant en s'accompagnant sur une mandore.

Signé à droite, en bas.

Toile. Haut., 51 cent.; larg., 1 m. 03 cent.

23 — *La Nymphe.*

Toute nue, vue presque de dos, assise au milieu de fleurs, la tête tournée vers la droite, regardant les plantes qui l'entourent.

Signé.

Panneau. Haut., 24 cent.; larg., 15 cent.

24 — *La Pavane.*

Dans un parc, elles se sont assises en leurs coquets atours ; au milieu, l'une d'elles, élégante et féminine, esquisse un pas de pavane. Derrière elle, une de ses compagnes lui parle à l'oreille et deux autres, à gauche, sourient, à la fois moqueuses et envieuses. Derrière, au fond, parmi les frondaisons touffues, un grand vase en pierre sculptée d'où les fleurs débordent.

Signé à droite, en bas.

Panneau. Haut., 45 cent. 1/2 ; larg., 46 cent.

25 — *Les Cygnes.*

Dans un parc, des femmes se promènent en costumes d'autrefois. Deux à gauche passent près du bassin où des cygnes nagent côte à côte. A droite, de l'autre côté du bassin, deux jeunes femmes sont arrêtées, en compagnie d'un gentilhomme. Au fond, de l'autre côté d'un balcon de pierre, le parc étend comme un écran sur le ciel bleu aux nuages de lumières, ses frondaisons touffues où doivent chanter les nids.

Signé à gauche, en bas.

Panneau. Haut., 39 cent.; larg., 46 cent.

26 — *Les Lévriers.*

Deux jeunes femmes en somptueux costumes sont debout et de face ; l'une, à droite, tient un bouquet de la main gauche, l'autre, à gauche, un éventail de la main droite. Derrière elle, un vase décoratif d'où débordent des fleurs. Elles donnent à deux chiens, immobiles devant elles, des ordres qu'ils ne semblent guère comprendre.

Signé à droite, en bas.

Panneau. Haut., 67 cent.; larg., 46 cent.

Gentilhomme Henri II, par MONTICELLI.

27 — *Portrait de gentilhomme en costume Henri II.*

Il est vu jusqu'à mi-corps, la tête presque de face, en pourpoint de velours violet à crevés noirs. Une fraise de dentelle autour du col. Un collier d'or sur la poitrine. La barbe est blonde, la moustache fine laissant apparaître le carmin de la lèvre.

Signé à droite, en travers ; *1877*.

Panneau. Haut., 66 cent.; larg., 50 cent.

28 — *La Laveuse.*

Au milieu, agenouillée dans sa caisse, la laveuse se penche au bord du ruisseau, où le ciel embrasé fait papillonner d'ardents reflets. De l'autre côté de la rivière, un chaland est amarré. Au fond, en dépassant les prés, on aperçoit une petite ferme.

Signé à droite, en bas.

Panneau. Haut., 36 cent.; larg., 58 cent.

29 — *La Gerbe fleurie.*

Dans un vase placé sur une table, que couvre un tapis à fleurs, toute une gerbée de soucis, de pervenches, d'œillets sauvages, etc.

Signé à gauche, en bas.

Panneau. Haut., 65 cent.; larg., 48 cent.

30 — *Confidence.*

Toutes les deux se sont arrêtées au coin du parc. L'une est vue de profil à gauche, en robe foncée, l'autre de face, en robe mi-partie rouge et rose. Elle tient un écran. Toutes les deux causent et se confient leurs secrets.

Signé à droite, en bas.

Panneau. Haut., 46 cent. 1/2 ; larg., 32 cent.

31 — *La Collation dans le parc.*

A gauche, trois jeunes femmes assises sur un banc et regardant un chien qui joue devant elles. Au milieu d'autres jeunes femmes, debout; l'une, qui porte un enfant sur son dos, tient sur un petit plateau les éléments d'une collation. A droite, un vieux chanteur assis au pied d'un pilastre s'accompagne sur une guitare.

Signé à gauche, en bas.

Panneau. Haut., 35 cent.; larg., 50 cent.

32 — *Les Lévriers.*

Dans le parc, les princesses se promenaient. A droite, deux sont vêtues l'une de vert foncé, l'autre de rose. Toutes deux sont suivies de leur lévrier. A gauche, la troisième s'est écartée et cause avec un page qui tient en laisse deux lévriers et galamment offre à la belle des fleurs qu'il a cueillies pour elle. Entre les branches, le ciel apparaît tragiquement ennuagé.

Signé à gauche, en bas.

Panneau. Haut., 31 cent.; larg., 53 cent. 1/2.

33 — *Coquetterie.*

Une jeune femme en riches atours, corsage ouvert en carré, est occupée à piquer dans ses cheveux une rose qu'elle tient de la main gauche. Dans sa main droite levée, elle tient un miroir. Représentée de face.

Signé à gauche, en bas.

Panneau. Haut., 45 cent.; larg., 24 cent.

34 — *Le Rendez-vous de chasse.*

A l'endroit où les cavaliers sont arrêtés, des jeunes femmes, en coquettes toilettes, marchent en plein soleil. Elles ont des fleurs dans les cheveux, et l'élégance de leur tournure parle de leur jeunesse.

Signé à droite, en bas.

Panneau. Haut., 25 cent. 1/2 ; larg., 55 cent.

35 — *Le Flirt des pages.*

Le long du mur à demi-revêtu de plantes grimpantes, les fillettes s'en sont allées chercher les pages à la langue fleurie. L'une, en robe jaune et en cheveux blonds, semble attirée par un jeune galant qui tout près d'elle se tient silencieux et attendri. A droite, un valet de chiens garde sa bête.

Signé à gauche, en bas.

Panneau. Haut., 41 cent. 1/2; larg., 63 cent.

36 — *Le Billet.*

Dans le fond du parc, elle et lui se sont arrêtés. Elle est vêtue d'une robe rouge ouverte sur une jupe blanche. Elle lit avec attention un billet qu'elle tient d'une main, ainsi qu'un gentilhomme debout près d'elle, en costume évoquant l'époque féodale, et qui la contemple avec tendresse.

Signé à gauche, en bas.

Panneau. Haut., 46 cent.; larg., 39 cent.

37 — *Entrée de Charles-Quint.*

Le prince avance à cheval, dans une escorte de femmes dévêtues, et précédé d'un cortège somptueux. A gauche, au fond, une estrade, toute chargée de public. A droite, d'autres tribunes, également encombrées de foule.

Signé à gauche, en bas.

Panneau. Haut., 39 cent.; larg., 63 cent.

38 — *L'Arlésienne et la corbeille de fleurs.*

Elle est debout, la tête tournée de profil à gauche, sa silhouette se détachant sur le fond d'une fenêtre, à travers laquelle on aperçoit le ciel bleu. A gauche, en bas, il y a un chat blanc et un chien gris.

Signé à droite, en bas.

Panneau. Haut., 56 cent. 1/2; larg., 30 cent.

39 — *La Tireuse de cartes.*

Dans quelque Alhambra, une femme debout, vue de profil à gauche, interroge sur l'avenir de sa destinée la chiromancienne assise devant elle sur des coussins. Sur le sol elle a étalé des cartes qu'elle va faire parler. Dans l'ombre, d'autres femmes, assises ou debout, assistent de loin à cette consultation.

Panneau. Haut., 30 cent.; larg., 23 cent.

40 — *La Promenade dans le parc.*

A l'endroit du parc où l'on descend par un perron, aux marches et aux balustrades de pierre, pour s'enfoncer dans les fourrés. Des femmes en grandes toilettes et des hommes aux tournures élégantes descendent les degrés en échangeant les galanteries et les fleurs. Au fond, dans l'écartement des frondaisons rouillées par l'automne, on aperçoit un pan de ciel fauve.

Signé à gauche, en bas.

Panneau. Haut., 41 cent.; larg., 54 cent. 1/2.

41 — *La Belle au cygne.*

Elle est debout, près du bassin, où un cygne prend ses ébats et, pour se distraire, elle fait couler lentement la cruche qu'elle vient de remplir.

Signé à droite, en bas.

Toile. Haut., 48 cent.; larg., 33 cent.

42 — *La Fille du garde du baron de Saint-Marc, près d'Aix en Provence.*

Elle est vue jusqu'à mi-corps, de face, un petit col blanc rabattu sur un tablier noir, le visage éclairé par un reflet de lumière, les cheveux blond cendré, relevés sur le front.

Signé à droite, en bas, en travers.

Toile. Haut., 46 cent.; larg., 38 cent.

43 — *Le Seuil de la ferme.*

Au soleil couchant, qui met des léchées de feu contre le crépi des murs, les poules et les coqs picorent au hasard dans le fumier répandu sur le sol. Dans le mur, au milieu, on voit une porte fermée, peinte en vert.

Signé à droite, en bas.

Panneau. Haut., 40 cent.; larg., 53 cent. 1/2.

44 — *Les Poissonnières de Cassis.*

L'une est debout, la main droite à la hanche, portant sur sa tête la banne pleine de poissons. L'autre est assise, de profil à gauche, et cause avec elle.

Signé à droite, en bas.

Panneau. Haut., 41 cent.; larg., 40 cent.

45 — *Froideur.*

A droite, un vieux galant debout, en pourpoint vert foncé. La tête est tournée de profil, l'œil plein de tendresse, grave, ainsi qu'il convient à un barbon. Il tient la main d'une jeune femme debout, à sa droite, vue de face et vêtue de très riches atours. Mais la belle, dont les cheveux blonds disent le printemps, ne semble avoir aucun goût pour voisiner avec l'Hiver, et, pleine d'hésitation, elle penche sa tête coquettement du côté de l'écran qu'elle tient de sa main droite, comme pour écouter dans ses fibres la muette confidence d'un absent.

Signé à gauche, en bas.

Panneau. Haut., 46 cent.; larg., 29 cent.

47 — *Arlésiennes.*

A Salon, dans les Bouches-du-Rhône, six Arlésiennes, en leurs coquets costumes pittoresques.

Au dos du panneau, on lit sous la signature de M. Joseph Vigne, maire de Salon : « Ce panneau a été peint par Monticelli quand il habitait la maison Aufroy Bernard, boulevard Saint-Laurent, numéro 1, à Salon (Bouches-du-Rhône), pendant l'hiver 1870-1871. »

Panneau. Haut., 22 cent.; larg., 47 cent.

47 — *Le Rendez-vous.*

Ils sont venus à cheval ; la princesse attendait au fond du parc ; le galant s'incline à son côté. La suivante est demeurée à droite, près du balcon de pierre, tandis que le confident est demeuré à gauche et à cheval.

Signé à droite, en bas.

Panneau. Haut., 24 cent.; larg., 29 cent.

48 — *Sentier sous bois.*

A droite, une jeune femme, vêtue d'une robe rouge, est arrêtée.

A gauche, au fond, sous l'ombre des branches, deux jeunes femmes se promènent en causant.

L'une est vêtue d'une robe verte, l'autre, d'une robe marron.

Signé à droite, en bas.

Panneau. Haut., 45 cent. 1/2 ; larg., 34 cent.

49 — *La Ruelle.*

Au milieu d'une ruelle qu'occupent des gens à pied ou montés sur un âne et vêtus de costumes du siècle dernier, un homme se tient assis dans une banne, dont un personnage à droite, dans une construction, fait manœuvrer, à l'aide d'une poulie, la corde de suspension. Au fond, le ciel est clair et blond.

Panneau. Haut., 45 cent. 1/2; larg., 33 cent. 1/2.

50 — *Départ pour la chasse au faucon.*

Un carrefour dans la forêt. A gauche, un groupe de quatre femmes élégantes en toilettes d'apparat.

A droite, un autre groupe de trois femmes. Au milieu, deux piqueurs à cheval, et deux chevaux sellés attendant leurs cavaliers.

Signé à gauche, en bas.

Panneau. Haut., 53 cent.; larg., 1 m. 03 cent.

51 — *Sérénade sur l'eau.*

Sur le lac, le ciel profond où la lune par instants se montre. Une barque file au mouvement robuste des bateliers. Deux femmes sont assises, coquettes et belles en leurs riches atours, et écoutent émues et grisées un poète qui chante debout en s'accompagnant sur le luth.

Signé à droite, en bas.

Toile. Haut., 36 cent. 1/2 ; larg., 53 cent.

52 — *La Forêt.*

Les grands arbres, aux frondaisons rouillées, à travers lesquelles le soleil jette sa poussière d'or. Quelques figures en costume Louis XV sont assises sur le gazon.

Panneau. Haut., 19 cent.; larg., 31 cent.

53 — *Départ pour la chasse.*

Le seigneur et la châtelaine, montés sur leurs destriers, se sont arrêtés près de la fontaine. A droite, un piqueur jette des appels de trompette.

Signé à gauche, en bas.

Panneau. Haut., 33 cent. ; larg., 50 cent.

54 — *La Cueillette dans le bois.*

Elles vont au fond du bois, les belles compagnes, aux cheveux bruns, roux, blonds, et parmi les mousses, sans craindre de mouiller à la rosée leurs riches toilettes, elles cherchent... qui sait, les violettes ou les fraises des bois.

Signé à droite, en bas.

Toile. Haut., 38 cent.; larg., 46 cent.

55 — *Le Porte-drapeau.*

Ils sont trois, l'un contre l'autre et debout, en costume Henri II. Celui du milieu porte un drapeau, son voisin tient une lance. Devant eux, à droite, une fillette vue de profil à gauche et vêtue d'une robe verte les regarde, ayant à côté d'elle un lévrier.

Signé à gauche, en bas.

Peinture sur cuivre. Haut., 73 cent.; larg., 46 cent.

56 — *La Mare dans la forêt.*

Au milieu des hautes futaies, la petite mare reçoit dans son miroir frissonnant les clartés profondes du ciel d'azur ensoleillé.

Signé à gauche, en bas.

Toile. Haut., 46 cent.; larg., 37 cent. 1/2.

57 — *Le Cortège de l'amour.*

Sur un char, la fière beauté est à demi couchée et tout autour d'elle de belles figures, en costumes étincelants, font retentir la gaieté des tambourins. A l'arrière du char, un petit amour est enchainé.

Signé à gauche, en bas.

Panneau. Haut., 40 cent.; larg., 60 cent.

58 — *Méphisto.*

Il est debout, tout de rouge habillé, une grande rapière lui battant les cuisses, et il chante une sérénade en s'accompagnant sur le luth.

Monticelli s'est représenté lui-même dans cette œuvre.

Signé à droite, en bas.

Panneau. Haut., 57 cent. 1/2; larg., 31 cent. 1/2.

59 — « *Faites le beau* ».

A droite, une jeune princesse vêtue de jaune est assise, et devant elle son chien hésite à se dresser sur ses pattes de derrière, malgré la récompense que sa maîtresse tient, levée, de la main droite.

Signé à droite, en bas.

Panneau. Haut., 30 cent.; larg., 28 cent.

60 — *Portrait de jeune femme.*

Elle est vue en buste, de face, la tête penchée légèrement vers l'épaule droite. Elle est vêtue d'un corsage rouge décolleté en rond. Elle a les cheveux roux cendré et les yeux bleus.

Panneau de forme ovale. Haut., 11 cent. 1/2; larg., 9 cent.

61 — *Les Cavaliers arabes.*

Ils sont montés l'un sur un cheval blanc, les deux autres sur des chevaux bais, et il s'en vont sous le ciel éclairé par d'immenses nuées lumineuses.

Panneau. Haut., 43 cent.; larg., 41 cent.

62 — *Les vieilles Chaumières.*

Les constructions apparaissent derrière un pli de terrain à droite. Au sommet du terrain, un arbre.

Au verso du panneau, une très brillante esquisse.

Recto : Signé à droite, en bas.

Panneau. Haut., 45 cent.; larg., 35 cent.

63 — *Salammbô.*

Elle est couchée sur un divan à droite. Des femmes causent avec elle. A gauche, une servante apporte sur un plateau l'élément d'une collation.

Ce tableau a été restauré.

Signé à gauche, en bas.

Toile. Haut., 43 cent.; larg., 61 cent.

64 — *Le Narghilé.*

Dans un intérieur arabe aux riches tentures, un prince, assis, est en train de fumer son narghilé.

De chaque côté de lui, des personnages sont debout et causent.

Signé à gauche, en bas.

Panneau. Haut., 35 cent.; larg., 48 cent.

65 — *La Procession.*

Sous les hautes nefs aux arcades ogivales, la procession va passer, et de chaque côté, des figures debout ou agenouillées se tiennent recueillies pour recevoir la bénédiction.

Signé à droite, en bas.

Panneau. Haut., 30 cent.; larg., 24 cent.

66 — *La Lecture dans le parc.*

Les compagnes se sont arrêtées dans le parc, et, assises parmi les mousses, elles lisent ou dessinent.

Signé à gauche, en bas.

Toile. Haut., 38 cent.; larg., 45 cent.

67 — *La Sérénade du diable.*

Debout, Méphisto, en riche costume de jeune seigneur, chante en s'accompagnant sur une mandore.

Signé à droite, en bas.

Panneau. Haut., 43 cent.; larg., 25 cent.

68 — *Amazone.*

En costume d'autrefois, elle s'en va à travers les blés, montée sur son cheval bai cerise.

Signé à droite, en bas.

Panneau. Haut., 50 cent.; larg., 25 cent.

69 — *Roses et jasmins dans un vase.*

Signé à gauche, en bas.

Panneau. Haut., 50 cent. 1/2; larg., 44 cent. 1/2.

70 — *Le Puits à Léon-Saint-André* (environs de Marseille).

Signé à droite, en bas : *1871*.

Panneau. Haut., 28 cent.; larg., 57 cent.

71 — *La Rencontre sous bois.*

Panneau. Haut., 21 cent.; larg., 35 cent.

72 — *Réunion galante dans un parc.*

Panneau. Haut., 47 cent.; larg., 62 cent.

73 — *Le Coup de vent.*

Signé à gauche, en bas.

Panneau. Haut., 30 cent.; larg., 25 cent. 1/2.

74 — *Fleurs dans un vase.*

Signé à droite, en bas.

Toile. Haut., 60 cent. 1/2; larg., 50 cent.

75 — *L'ancien Musée de Marseille.*

Monticelli peignit ce tableau à l'âge de seize ans.

Toile. Haut., 35 cent.; larg., 44 cent. 1/2.

76 — *Une Gerbe de roses.*

Panneau. Haut., 24 cent. 1/2; larg., 19 cent. 1/2.

77 — *Fleurs dans un vase.*

Signé à gauche, en bas.

Panneau. Haut., 50 cent. 1/2; larg., 45 cent.

78 — *Le Pont de Mirabeau.*

En son cours capricieux, la Durance, ce grand torrent des Alpes, est enserrée à Mirabeau, entre deux roches taillées à pic. Elle roule ses eaux boueuses et grises avec la majesté d'un grand fleuve. Un pont en fer relie les deux rives.

C'est ce paysage sombre et gai à la fois, que le maître a voulu reproduire dans la plénitude de sa tonalité.

79 — *Fleurs dans un vase.*

Signé à gauche, en bas.

Panneau. Haut., 67 cent. 1/2; larg., 47 cent.

80 — *Le Buisson.*

Signé à gauche, en bas.

Panneau. Haut., 43 cent.; larg., 31 cent.

81 — *Jeune femme laçant son corset.*

Signé à droite, en bas.

Toile. Haut., 27 cent.; larg., 21 cent.

82 — *Reines-marguerites, pavots et roses blanches, dans un vase.*

Signé à droite, en bas.

Panneau. Haut., 55 cent. 1/2; larg., 48 cent.

83 — *Bateaux de pêche sur la Méditerranée.*

Signé à droite, en bas.

Pastel. Haut., 34 cent.; larg., 51 cent.

84 — *Le Chemin montant à travers la futaie.*

Signé à droite, en bas.

Panneau. Haut., 33 cent.; larg., 45 cent.

85 — *Quartier de la Reine, à Cassis.*

Panneau. Haut., 56 cent. 1/2; larg., 47 cent. 1/2.

86 — *L'Ivresse.*

Peint sur les deux morceaux assemblés d'une palette.

Panneau. Haut., 33 cent.; larg., 34 cent.

87 — *Le Chasseur vert.*

Signé à gauche, en bas : *1871.*

Panneau. Haut., 44 cent.; larg., 23 cent.

88 — *Le Festin.*

Signé à gauche, en bas.

Dessin au crayon, rehaussé de blanc.

Haut., 27 cent.; larg., 37 cent. 1/2.

La Prédication de Saint Jean, de L'Albane.

Tableaux anciens

ALBANE

89 — *La Prédication de saint Jean-Baptiste.*

Au bord de la source, entouré de vieillards, de jeunes gens et de femmes qui l'écoutent, saint Jean est debout. Il parle, le bras droit levé indiquant le ciel. Devant lui, à gauche, de l'autre côté de la source, la Vierge est assise portant contre sa poitrine l'Enfant Jésus. Elle est vêtue de bleu et de rose. Un voile de gaze blanche cache en partie ses cheveux blonds. L'enfant est nu et posé sur des langes blancs. Saint Jean tient une longue canne à laquelle s'enroule une banderolle, portant cette inscription : *Ecce agnus.*

Au fond, dans une atmosphère bleutée, les arbres, les montagnes, puis le ciel, où passe une clarté rousse.

Peinture sur cuivre. Haut., 23 cent. 1/2; larg., 32 cent.

BERCHEM

90 — *Les Voyageurs.*

A droite, une construction. Au milieu, une route où deux personnages à cheval, homme et femme, sont arrêtés. Un troisième personnage est descendu de selle et cause avec des paysans assis à gauche au revers d'un talus. Du même côté, un arbre, et en avant de cet arbre une petite mare où boit un chien.

Signé à droite, en bas : *1680.*

Toile. Haut., 84 cent.; larg., 69 cent.

BOILLY

91 — *Portrait du peintre.*

Vêtu d'une culotte et d'un gilet à manches de couleur havane, il est debout, appuyé contre une chaise, la jambe gauche croisée devant la jambe droite. A droite, sur un chevalet, une toile dont le dessin est indiqué. A gauche, un meuble ouvert sur lequel la palette est déposée.

Panneau. Haut., 33 cent. 1/2; larg., 25 cent.

BOTH, D'ITALIE (Attribué à)

92 — *Paysan traversant la campagne avec un mulet chargé.*

Panneau. Haut., 20 cent.; larg., 25 cent.

BREYDEL (LE CHEVALIER)

93 — *Scène de guerre civile.*

Panneau. Haut., 24 cent.; larg., 32 cent.

DEMARNE (Attribué à)

94 — *La Fontaine publique.*

Au tournant de la grand'route, la fontaine de pierre se dresse à l'ombre d'un bouquet d'arbres. Des paysannes et des lavandières y sont arrêtées et occupées à leur besogne. Un homme qui ramène son troupeau du marché s'amuse à faire gigler de l'eau à la figure d'une payse assise sur un âne. A droite, sur une corde, des linges sont étendus. A gauche, une charrette couverte d'une bâche et attelée d'un cheval blanc est arrêtée à la porte d'une ferme. Dans le ciel, où passent des nuages, une belle clarté blonde irradie, qui dore toute la campagne.

Panneau. Haut., 26 cent.; larg., 36 cent.

La Petite Fille au Capuchon, de GREUZE.

Berthaud — Paris

FRAGONARD (Attribué à)

95 — *La Lecture de la lettre.*

Signé au milieu, en bas : *J. H. F.*

Panneau. Haut., 12 cent.; larg., 16 cent.

GRANUCELLI (Attribué à)

96 — *La Partie de dés.*

Panneau. Haut., 22 cent.; larg., 29 cent.

GREUZE

97 — *La Petite fille au capuchon.*

Elle est vue de dos jusqu'à mi-corps, la tête tournée de trois quarts à droite. Le col de sa robe terminé par un petit capuchon découvre la chair potelée du cou et du dos. Les cheveux sont blonds, terminés par des bouclettes. La figure est ronde, les yeux d'un bleu profond, les narines et les lèvres rouges où court un sang jeune. La physionomie est expressive et coquette déjà.

Toile. Haut., 42 cent. 1/2; larg., 34 cent.

GREUZE

98 — *La Jeune fille aux joues roses « Mlle Pomme d'Api ».*

Elle est assise, de profil à droite, vue jusqu'à mi-corps. La tête est vivement tournée de trois quarts à droite et penchée en avant. Elle est vêtue d'un corsage rouge, caché au col et à la poitrine par un fichu croisé jaune. Sur ses cheveux châtain clair, elle a mis un petit bonnet blanc serré autour du chignon par un ruban bleu. La joue droite est très rose, la bouche souriante, les yeux expressifs et malins.

au. Haut., 22 cent.; larg., 18 cent.

GREUZE (École de)

99 — *Profil de fillette.*

De profil à gauche, corsage rouge et fichu bleuté, légèrement ouvert, petit bonnet blanc retenu avec un ruban mauve sur des cheveux châtain clair.

Toile. Haut., 32 cent. 1/2 ; larg., 27 cent.

HOUEL

100 — *Le Canal.*

Signé à gauche, en bas : *Houel, in R. F.*

Panneau. Haut., 14 cent.; larg., 21 cent

LÉPICIÉ

101 — *L'Enfant qui lit.*

Il est assis, la joue appuyée sur la main gauche relevée, le coude à sa table. Il a les cheveux blond foncé : sa chemise blanche apparaît sous la robe de chambre marron ouverte au col. Devant lui, un livre ouvert. Mais sans doute l'auteur était trop grave, car les paupières se sont closes, et malgré la grande lumière qui lui caresse le front et la joue, il sommeille avec une profonde sérénité.

Toile. Haut., 46 cent.; larg., 58 cent.

LÉPICIÉ (E.)

102 — *L'Enfant qui dort.*

Il n'a pas résisté. La main sur le livre et la tête couchée sur la main, il dort d'un sommeil anéantissant. Il est vêtu d'une veste brune qui laisse à découvert le col de la chemise blanche. Une lumière vive éclaire son visage fin et ses cheveux châtain clair.

Toile. Haut., 46 cent.; larg., 38 cent.

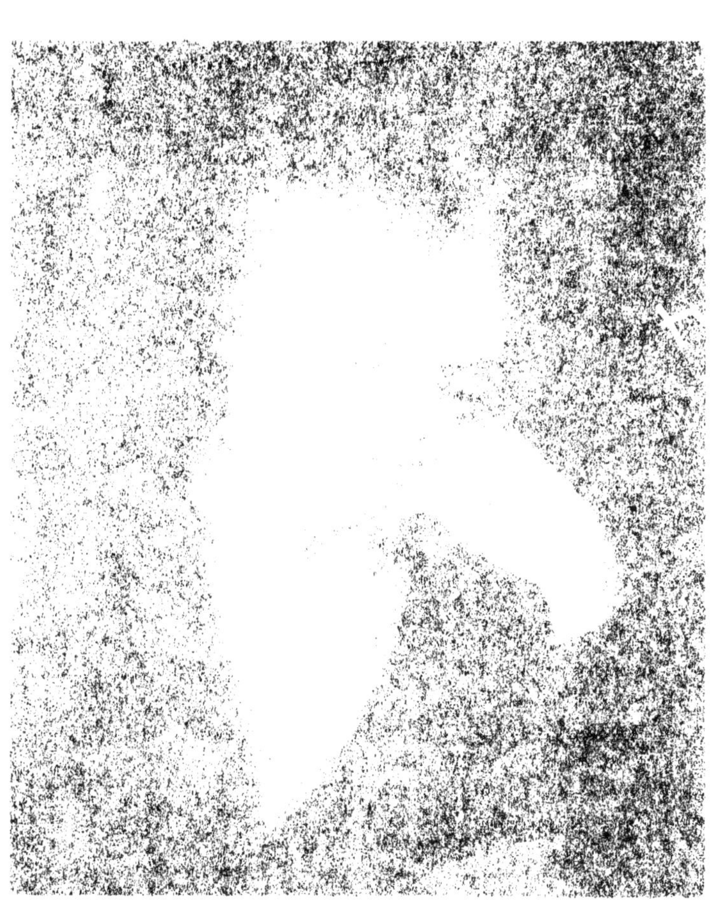

L'Enfant qui lit, de Lépicié.

Berthaud — Paris

NATOIRE (Attribué à Ch.-J.)

103 — *Judith.*

Elle est debout, vêtue de bleu et de blanc, le col décolleté dont l'échancrure est retenue par un bijou. Des bijoux également retiennent une draperie aux épaules et un voile de gaze rayée au sommet de la tête. Elle est vue de face, la main droite tenant encore le sabre dont elle s'est servie pour trancher la tête d'Holopherne, qu'elle dépose dans une draperie rouge portée par une vieille femme placée à sa gauche. La tête est légèrement tournée vers l'épaule gauche, et le regard volontaire ne trahit aucune émotion.

Toile. Haut., 1 m. 20 cent.; larg., 90 cent.

PARROCEL

104 — *Combat de cavalerie.*

Peinture sur cuivre. Haut., 18 cent. 1/2 ; larg., 26 cent.

PILLEMENT (Jean)

105 — *Le Torrent dans la montagne.*

Les montagnes, dans l'échancrure desquelles jaillit le torrent. Sur une montée, à gauche, une bergère garde ses moutons et sa vache.

Signé à gauche, en bas : *Jean Pillement, 1740.*

(On a collé au dos de cette peinture la gravure à l'eau-forte faite par Raynaud.)

Toile. Haut., 11 cent. 1/2 ; larg., 17 cent.

PILLEMENT (J.).

106 — *Berger gardant ses chèvres dans la montagne, au bord du torrent.*

Signé à gauche, en bas : *1790.*

Toile. Haut., 12 cent. 1/2; larg., 18 cent.

SAUVAGE

107-109 — *Trois dessus de porte.*

Différentes allégories traduites par des groupes d'enfants.

Peintures en grisaille sur toile.

Haut., 57 cent.; larg., 1 m. 36 cent.

SNEIDERS

110 — *Chiens et fruits.*

Sur une table, deux chiens sont assis ou couchés. Derrière eux, sur une jardinière de faïence, on a posé un plat rempli de fruits.

Signé à droite, en bas : *Sneiders, 1639.*

Toile. Haut., 78 cent.; larg., 1 m. 09 cent.

VAN BALEN

111 — *Saint Jérôme au désert.*

Peinture sur cuivre. Haut., 31 cent.; larg., 24 cent.

WEENIX

112 — *Nature morte.*

Dans un coin de l'office, on avait accroché ou laissé sur le sol le gibier rapporté de la chasse. Un chien qui se trouvait là occupa sa garde en goûtant à cette chasse, et voici qu'à l'instant où la bonne rentre à gauche, le chien est surpris fuyant du même côté et emportant son butin qu'il est disposé à défendre, si l'on en croit le regard de feu qu'il jette à l'intruse et à un autre chien que la gourmandise excite.

Toile. Haut., 59 cent.; larg., 77 cent.

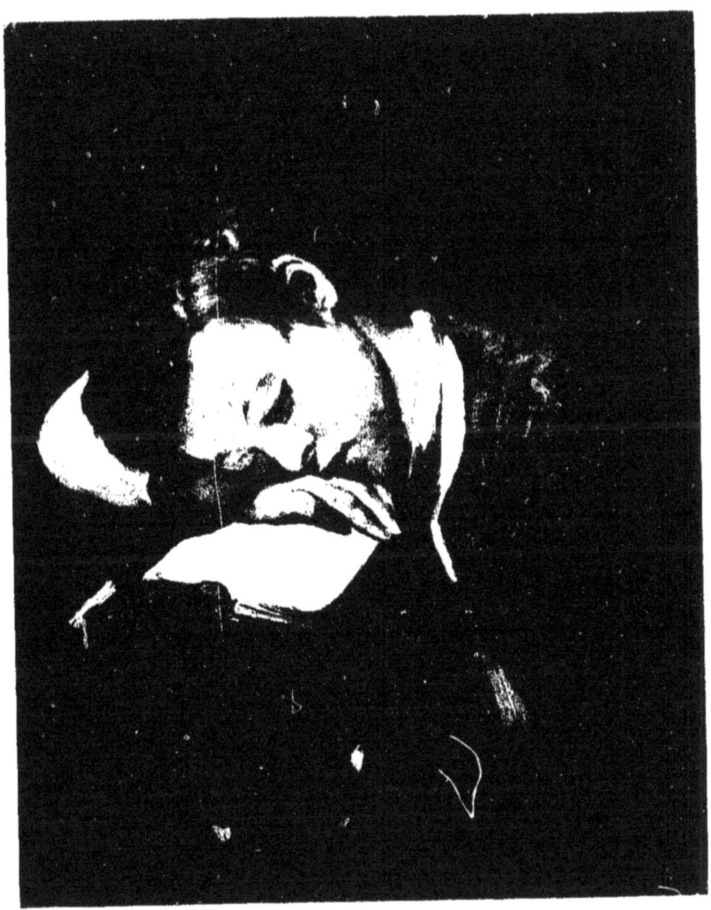

L'Enfant qui dort, de LÉPICIÉ.

ANONYME

113 — *Dans la cour de la ferme.*

Contre le mur, la fermière est assise, vue de trois quarts à gauche, coquettement vêtue de bleu et ayant près d'elle ses trois enfants, garçon et fillettes. Ils regardent un coq et deux poules en train de picorer sur le sol. A droite, posées à terre, une poële, une bassine de cuivre, une cruche de grès. A gauche, un tonneau. Par une large baie, on aperçoit des champs plantés de quelques arbres, puis le ciel où courent de grands nuages lumineux.

Panneau. Haut., 16 cent.; larg., 22 cent.

ÉCOLE ANGLAISE

114 — *Portrait d'homme.*

Vu de trois quarts à droite, assis dans un fauteuil. Il est vêtu de noir, il a les cheveux frisés et des favoris courts. Derrière lui, un fond d'architecture et de paysage.

Signé à gauche, en bas : *J. Reynolds.*

Toile. Haut., 35 cent. 1/2; larg., 30 cent.

ÉCOLE ESPAGNOLE

115 — *Madeleine.*

Toile. Haut., 99 cent.; larg., 74 cent.

ÉCOLE FLAMANDE

116 — *La Petite paysanne.*

Elle ramène à travers la plaine son chien et son vieux cheval blanc, attelé à un petit chariot.

Panneau. Haut., 25 cent.; larg., 33 cent.

ÉCOLE FLAMANDE

117 — *Pâturage dans la montagne.*

Toile. Haut., 32 cent. 1/2; larg., 57 cent.

ÉCOLE FLAMANDE

118 — *Canal en Hollande : effet de soleil couchant.*

Panneau. Haut., 38 cent.; larg., 32 cent.

ÉCOLE FRANÇAISE

119 — *Portrait de jeune femme.*

Toile. Haut., 60 cent.; larg., 43 cent.

ÉCOLE FRANÇAISE

120 — *L'Amour espiègle.*

Toile. Haut., 33 cent.; larg., 42 cent.

ÉCOLE FRANÇAISE

121 — *Le Mystère d'Éleusis.*

Frise décorative.

Panneau. Haut., 21 cent.; larg., 34 cent.

ÉCOLE FRANÇAISE

122 — *La Jeune fille au collier d'ambre.*

Panneau. Haut., 13 cent.; larg., 10 cent.

ÉCOLE FRANÇAISE

123 — *Portrait d'une tragédienne.*

Panneau. Haut., 13 cent.; larg., 11 cent.

ÉCOLE [illegible]NDE

118 — *Canal en Holla*[illegible] *soleil couchant.*

ÉCOLE [illegible]

119 — *Portrait de jeun*[illegible]

ÉCOLE FRANÇ[illegible]

120 — *L'Amour* [illegible]

ÉCOLE FRANÇAISE

121 — *Le Mystère d'I*[illegible]

ÉCOLE FRANÇ[illegible]

122 — *La Jeune fille au c*[illegible]

ÉCOLE FRAN[illegible]

123 — *Portrait d'une* [illegible]

Judith, de NATOIRE.

ÉCOLE FRANÇAISE

124 — *La Lecture de la lettre.*

Elle est debout, vue de trois quarts à gauche, penchée sur la lettre qu'on vient de lui remettre et qu'elle lit avec une attention souriante. Elle est vêtue d'un costume bleu aux manches jaunes. Le corsage, ouvert en carré et lacé sur le devant, découvre la gorge en partie cachée par une chemisette blanche. Des roses sont retenues dans ses cheveux châtain clair par un étroit ruban rouge. A droite, une draperie ponceau, écartée du vitrage, permet à un rayon de lumière de venir lui caresser l'oreille gauche et l'avant-bras gauche. Sur la table, où elle s'appuie, une tabatière est ouverte, laissant voir à l'intérieur du couvercle le portrait d'un jeune seigneur à perruque poudrée.

Toile. Haut., 91 cent.; larg., 75 cent.

ÉCOLE HOLLANDAISE

125 — *Femme en train de traire une vache à l'entrée de la ferme.*

Panneau. Haut., 25 cent.; larg., 34 cent.

ÉCOLE HOLLANDAISE

126 — *Pêcheurs sur l'Escaut.*

Au pied du bâtiment qui se dresse sur le bord du fleuve, les barques de pêche sont amarrées, et les pêcheurs occupés à décharger leur pêche.

Dans le ciel bleu, de grands nuages de lumière.

Panneau. Haut., 22 cent. 1/2; larg., 33 cent.

ECOLE HOLLANDAISE

127 — *L'Escaut.*

A droite, les maisons du village dominées par une tour en ruines. A gauche, le fleuve sur lequel flotte quelques barques de pêche.

Cadre en bois sculpté.

Panneau. Haut., 9 cent.; larg., 22 cent.

ÉCOLE HOLLANDAISE

128 — *Chez le rebouteux.*

Le vieil ouvrier blessé au pied est en train de se faire panser par le rebouteux accroupi devant lui. Au fond, la femme du blessé se tient debout, portant un enfant. A gauche, un jeune garçon broie les drogues dans un mortier.

Panneau. Haut., 21 cent.; larg., 32 cent.

ÉCOLE HOLLANDAISE

129 — *Le petit Fumeur.*

Il est assis devant l'âtre, en train de bourrer sa pipe. Il tourne la tête de face avec l'expression d'un homme interrompu par un intrus dans une importante besogne.

Panneau. Haut., 23 cent.; larg., 17 cent.

ÉCOLE HOLLANDAISE

130 — *Le petit Buveur.*

Panneau. Haut., 18 cent.; larg., 24 cent.

Nature morte, par Weenix.

ÉCOLE ITALIENNE

131 — *Sainte Madeleine.*

Elle est agenouillée, de profil à droite, devant les images qui plaisent à son mysticisme : un crucifix, une tête de mort, une statuette de la vierge. Au fond, l'entrée de sa grotte. Sa tête rayonne de lumière.

Peinture sur cuivre. Haut., 16 cent. 1/2; larg., 12 cent.

ÉCOLE ITALIENNE

132 — *La Flagellation.*

Peinture sur cuivre. Haut., 42 cent.; larg., 31 cent. 1/2.

Dessins, Pastels, Gouaches

133 — CAMUCCINI (Vincenzo). *L'Offrande aux dieux.*

Signé à gauche, en bas : *Vincenzo Camuccini, 1808.*

Lavis. Haut., 50 cent.; larg., 79 cent. 1/2.

134 — CYBA. *La Chaumière.*

Signé à gauche, en bas.

Pastel. Haut., 25 cent.; larg., 25 cent.

135 — OZANNE aîné. *La Chasse aux bécassines.*

Au milieu, en bas, on lit : *Ozanne aîné, 1764.*

Aquarelle. Haut., 25 cent.; larg., 42 cent. 1/2.

136 — VINCENZO (Angelo). *L'Assomption.*

A gauche, en bas, on lit : *Vincenzo Angelo, ocelli dilineato e inventato die de jine al di 11 novemb. del anno 1805.*

Dessin de forme cintrée à la plume, rehaussé de blanc.

Haut., 38 cent. 1/2; larg., 24 cent. 1/2.

137 — ANNIBAL CARRACHE (Attribué à). *Mater dolorosa.*

Dessin à la plume, rehaussé de blanc et de lavis d'encre de Chine.

Haut., 38 cent. 1/2 ; larg., 25 cent. 1/2.

138 — WATTEAU (Antoine). *Le Joueur de flûte.*

Dessin à la sanguine.

Haut., 12 cent.; larg., 10 cent.

139 — ÉCOLE FLAMANDE. *Dans la montagne.*

Dessin au lavis d'encre de Chine et de sépia.

Haut., 44 cent.; larg., 55 cent.

140 — ECOLE FRANÇAISE. *Le Toit de chaume.*

Dessin au crayon, rehaussé d'aquarelle.

Haut., 28 cent.; larg., 57 cent.

141 — ÉCOLE FRANÇAISE. *La Ronde des amours.*

Aquarelle. Haut., 18 cent.; larg., 29 cent.

142 — ÉCOLE FRANÇAISE. *Jeune femme assise, à l'éventail.*

Sanguine. Haut., 18 cent.; larg., 15 cent.

143 — ÉCOLE FRANÇAISE. *L'Aurore.*

Figure décorative. Dessin à la sanguine sur papier vergé. A droite, en bas, quelques monogrammes de collection.

Haut., 18 cent.; larg., 27 cent.

144 — *Le Cellier.*

Gouache. Haut., 30 cent.; larg., 24 cent.

Tableaux modernes

145 — APPERT. *Chiens de chasse.*

Signé à droite, en bas.

Toile. Haut., 33 cent.; larg., 43 cent.

146 — APPIAN. *Le Quai.*

Signé à droite, en bas.

Toile. Haut., 17 cent.; larg., 25 cent.

147 — APPIAN. *La Berge déserte.*

Signé à droite, en bas.

Panneau. Haut., 32 cent.; larg., 50 cent.

148 — APPIAN. *Au large.*

Signé à gauche, en bas : *1877*.

Toile. Haut., 31 cent.; larg., 62 cent.

149 — BAKALOVICZ. *La Jeune femme à la toque de velours.*

Signé à gauche, en haut.

Toile. Haut., 73 cent.; larg., 50 cent.

150 — BEAUJEAN. *La Bénédiction.*

Signé à droite, vers le bas : *A. B. 1839.*

Toile. Haut., 1 m. 15; larg., 89 cent.

151 — Beauquesne. *Le Prisonnier* (Episode de la guerre de 1870).

Signé à droite, en bas : *1897*.

Toile. Haut., 27 cent. 1/2 ; larg., 35 cent.

152 — Beauverie. *Les Blés à la fin de mai.*

Signé à gauche, en bas.

Toile. Haut., 38 cent.; larg., 61 cent.

153 — Bémindt (E.). *Le Serment.*

Signé à droite, en bas.

Panneau. Haut., 32 cent.; larg., 24 cent. 1/2.

154 — Bernard (Valère). *Les Voix du lac.*

Signé à droite, en bas.

Panneau. Haut., 61 cent.; larg., 49 cent.

155 — Bistagne. *La plage du Prado.*

Signé à droite, en bas.

Haut., 19 cent. 1/2 ; larg., 36 cent.

156 — Bildecombe. *Le Coq et la poule.*

Signé à droite, en bas.

Panneau. Haut., 10 cent. 1/2 ; larg., 16 cent. 1/2.

157 — Bourrely. *Le Moulin sur la colline.*

Signé à droite, en bas.

Toile. Haut., 18 cent. 1/2 ; larg., 27 cent.

158 — Braquevalle. *Le Marché aux fleurs, à Marseille.*

Signé à gauche, en bas.

Toile. Haut., 50 cent.; larg., 62 cent.

159 — Bujon (Émile). *Charge de cuirassiers* (Episode de la guerre de 1870).

Signé à droite, en bas : *Émile Bujon, 1872.*

Toile. Haut., 73 cent.; larg., 92 cent.

160 — J. B. *Tête de jeune fille.*

Signé à droite, en bas : *J. B.*

Panneau. Haut., 18 cent. 1/2; larg., 15 cent. 1/2.

161 — Bompard (Maurice). *Tête de mendiant italien.*

Signé à droite, en bas.

Toile. Haut., 38 cent.; larg., 61 cent.

162 — Cabat. *Soleil couchant en forêt, au-dessus de la mare.*

Signé à gauche, en bas : *1864.*

Panneau. Haut., 27 cent.; larg., 41 cent.

163 — Caranza. *Portrait de chien griffon.*

Signé à droite, en haut.

Panneau. Haut., 22 cent.; larg., 15 cent. 1/2.

164 — Charpin. *Vache blanche se désaltérant dans une mare.*

Signé à droite, en bas.

Panneau. Haut., 37 cent. 1/2 ; larg., 47 cent.

165 — Chateau. *Une Rue arabe.*

Signé à gauche, en bas.

Peinture sur carton. Haut., 33 cent.; larg., 23 cent. 1/2.

166 — CHOCARNE-MOREAU. *Le Marchand de colliers, au Caire.*

Signé à droite, en bas.

Toile. Haut., 55 cent.; larg., 46 cent.

167 — CICERI. *Le Moulin.*

Signé à gauche, en bas.

Panneau. Haut., 15 cent. 1/2; larg., 21 cent. 1/2

168 — COLLA. *Le vieux Chêne, au lever du soleil.*

Signé à gauche, en bas.

Toile. Haut., 40 cent.; larg., 32 cent.

169 — CORTEZ (A.). *Vaches paissant à l'entrée du bois.*

Panneau. Haut., 15 cent. 1/2; larg., 21 cent.

170 — COURBET (Gustave). *La Grotte du feu.*

Signé à gauche, en bas : *G. C.*

Peinture sur carton. Haut., 22 cent.; larg., 32 cent.

171 — COURBET (Gustave). *Les Roches au bord de la mer : marée basse.*

Signé à droite, en bas.

Toile. Haut., 32 cent.; larg., 55 cent.

172 — COURBET (Gustave). *Les Falaises.*

Signé à droite, en bas.

Peinture sur carton. Haut., 20 cent.; larg., 14 cent.

173 — COUTURE. *Tête de jeune homme accoudé sur la main droite.*

Toile. Haut., 48 cent.; larg., 39 cent.

174 — DECAMPS. *Le Portrait* (Le comte de Comminges et Adélaïde).

Signé à gauche, en bas : *DC.*

Toile. Haut., 57 cent.; larg., 40 cent.

175 — DELAROCHE (G.) *La Lecture.*

Signé à droite, en bas.

Toile. Haut., 27 cent.; larg., 21 cent. 1/2.

176 — DELAROCHE (B.). *L'Éventail.*

Signé à droite, en bas.

Panneau. Haut., 26 cent. 1/2; larg., 21 cent.

177 — DELAUNAY (J). *Joueuse.*

Signé à droite, en bas.

Toile. Haut., 32 cent. 1/2; larg., 19 cent.

178 — DESVARREUX. *Bœufs s'abreuvant dans une mare.*

Signé à droite, en bas.

Panneau. Haut., 23 cent. 1/2; larg., 33 cent.

179 — DREUX (Alfred DE). *L'Amazone blonde.*

Toile. Haut., 46 cent.; larg., 32 cent.

180 — DROLLING. *La Vieille fileuse.*

Signé à droite, en bas, du monogramme.

Toile. Haut., 27 cent.; larg., 22 cent.

181 — DUPONNAIS (G.). *Nature morte.*

Signé à gauche, en bas : *1882.*

Toile. Haut., 50 cent.; larg., 65 cent.

182 — DURAND-BRAGER (H.). *La Plage.*

Signé à gauche, en bas : *H. D.-B.*

Panneau. Haut., 15 cent.; larg., 29 cent.

183 — Duvieux. *Ville ancienne sur la Méditerranée.*

Signé à droite, en bas.

Toile. Haut., 35 cent.; larg., 65 cent.

184 — École française. *Hercule luttant contre le lion de Némée.*

Toile. Haut., 47 cent.; larg., 42 cent.

185 — École française. *Portrait de Balzac.*

Ce portrait, daté de 1847, est attribué à Courbet. Forme ronde. Marouflée et tendue.

Toile. Haut., 49 cent.; larg., 48 cent.

186 — Flandin. *Les Pêcheurs de thon au bord de l'Adriatique.*

Signé à droite, en bas.

Toile. Haut., 38 cent.; larg., 60 cent.

187 — Flandin. *Pêcheurs au bord de la Méditerranée.*

Signé à droite, en bas.

Toile. Haut., 25 cent.; larg., 40 cent. 1/2.

188 — Flandin (G.-Æ.). *Palais en ruine au bord de l'eau.*

Signé à droite, en bas.

Toile. Haut., 25 cent.; larg., 41 cent.

189 — Galliac. *Le Singe et le chat.*

Signé à droite, en bas.

Toile. Haut., 54 cent., larg., 66 cent.

190 — Galliac. *Une Discussion au pied du perchoir.*

Signé à gauche, en bas.

Toile. Haut., 55 cent.; larg., 65 cent. 1/2.

191 — Garaud (G.). *L'Entrée du vieux bassin : l'hiver; effet de soleil levant.*

Toile. Haut., 36 cent.; larg., 60 cent.

192 — Garrido. *Sur la Plage, pour la rentrée des pêcheurs.*

Signé à gauche, en bas.

Toile. Haut., 50 cent.; larg., 92 cent.

193 — Gay (Louis). *Albanais de Salonique.*

Debout, vu de face.

Signé à droite, en bas : *1887*.

Panneau. Haut., 26 cent.; larg., 19 cent.

194 — Gouthier. *Le Spadassin.*

Signé à droite, en bas.

Panneau. Haut., 55 cent.; larg., 18 cent.

195 — Gouthier (L.). *La Mort du zouave.*

Signé à droite, en bas.

Toile. Haut., 55 cent.; larg., 46 cent.

196 — Gouthier (L.). *La Chiffonnière.*

Signé à droite, en bas.

Toile. Haut., 42 cent.; larg., 29 cent.

197 — Gouthier (L.). *Nymphe au bain.*

Signé à droite, en bas.

Toile. Haut., 65 cent.; larg., 54 cent.

198 — GUILLEMET (A.) *Village au bord de l'étang.*

Signé à droite, en bas.

Toile. Haut., 38 cent.; larg., 56 cent.

199 — GUY (Louis). *Campement arabe.*

Signé à droite, en bas : *1881.*

Panneau. Haut., 23 cent. 1/2; larg., 35 cent. 1/2.

200 — HAY (Michel DE L'). *Les Dunes.*

Signé à droite, en bas.

Toile. Haut., 64 cent.; larg., 73 cent.

201 — HYON (G.). *Le Champ de bataille de Reichshoffen, la nuit.*

Signé à droite, en bas.

Panneau. Haut., 37 cent.; larg., 59 cent. 1/2.

202 — ISABEY (Attribué à). *La Jetée à marée basse; effet de soir.*

Signé à gauche, en bas.

Panneau. Haut., 16 cent.; larg., 24 cent.

203 — JEANNIN (G.). *Un Coin de table.*

Signé à droite, en bas.

Toile. Haut., 55 cent.; larg., 46 cent.

204 — LA CROIX. *Pêcheurs au bord de l'Adriatique.*

Signé à droite, vers le bas : *1776.*

Toile. Haut., 35 cent.; larg., 51 cent.

205 — LAMI (Joseph). *L'Après-midi dans le parc.*

Signé à droite, en bas.

Panneau. Haut., 32 cent.; larg., 23 cent.

206 — LAUNAY (J. DE). *Le Trompette d'artillerie.*

Signé à droite, en bas.

Toile. Haut., 41 cent.; larg., 33 cent.

207 — LAUNAY (J. DE). *Batterie d'artillerie chargeant.*

Signé à gauche, en bas.

Toile. Haut., 21 cent.; larg., 33 cent.

208 — LEVIGNE (Théodore). *Pierrette.*

Signé à droite, en bas : *1889.*

Panneau. Haut., 46 cent.; larg., 29 cent.

209 — MAGY (G.). *Caravane arrêtée dans les ruines (Algérie).*

Signé à gauche, en bas.

Toile. Haut., 35 cent.; larg., 45 cent. 1/2.

210 — MICHEL (Georges). *Le Chemin montant.*

Toile. Haut., 38 cent.; larg., 55 cent. 1/2.

211 — MONTPEZAT (M. DE). 1839. *Le Rendez-vous de chasse.*

Signé à gauche, en bas.

Toile. Haut., 92 cent.; larg., 1 m. 48.

212 — MOREAU (Attribué à). *Les Enfants et la tête de mort.*

Peinture de forme ovale.

Toile. Haut., 60 cent.; larg., 50 cent.

213 — NAVELET (J.). *L'Enlèvement des Sabines.*

Signé à droite, en bas : *1872.*

Toile. Haut., 44 cent.; larg., 59 cent.

214 — R. N. *Lapin et chat.*

Panneau. Haut., 18 cent.; larg., 12 cent.

215 — Pécrus (C.). *Les Laveuses au bord de la rivière.*

Signé à droite, en bas.

Toile. Haut., 28 cent. 1/2 ; larg., 35 cent.

216 — Pillegru. *Le Sonneur de trompe.*

Signé à gauche, en bas.

Panneau. Haut., 31 cent. 1/2 ; larg., 22 cent.

217 — H. R. *La Charrette de blé.*

Signé à droite, en bas, du monogramme *H. R.*

Panneau. Haut., 17 cent. 1/2 ; larg., 31 cent.

218 — Ricard (Gustave). *L'Adoration des bergers.*

Collection Émile Lombard, 1863.

Toile. Haut., 30 cent.; larg., 36 cent.

219 — Rivière (Charles). *La Mare sous bois.*

Signé en bas, au milieu.

Peinture sur cuivre. Haut., 15 cent. 1/2 ; larg., 12 cent.

220 — Rousseau (Attribué à Théodore). *Coucher de soleil dans la forêt.*

Signé à gauche, en bas.

Panneau. Haut., 28 cent.; larg., 49 cent.

221 — Rousseau (Attribué à Th.). *Le Moulin.*

Signé à gauche, en bas.

Toile. Haut., 34 cent.; larg., 50 cent.

222 — Rousseau (Attribué à Théodore). *Le Four à plâtre.*

Toile. Haut., 16 cent.; larg., 24 cent.

223 — Rosier (Jules). *Les Granges.*

Signé à gauche, en bas : *1859.*

Panneau. Haut., 18 cent. 1/2 ; larg., 33 cent.

224 — Girier (Saint-Cyr). *L'Aube au bord de l'étang; effet d'automne.*

Signé à droite, en bas.

Toile. Haut., 51 cent.; larg., 73 cent.

225 — Girier (Saint-Cyr). *Les Gendarmes dans la forêt. (Coucher de soleil sur la neige.)*

Signé à droite, en bas.

Toile. Haut., 21 cent.; larg., 39 cent.

226 — Girier (Saint-Cyr). *L'Hiver au village ; effet de nuit.*

Signé à droite, en bas.

Toile. Haut., 37 cent.; larg., 50 cent.

227 — Sarlata (R.). *Coucher de soleil au-dessus de l'usine.*

Peinture sur carton. Haut., 18 cent.; larg., 25 cent.

228 — Schutzenberger (P.). *Étude de femme drapée.*

Signé à gauche, en bas : *1889.*

Toile. Haut., 72 cent.; larg., 49 cent.

229 — Sieurac (Henri). *L'Amour vainqueur.*

Peinture de forme ovale.
Signé à droite, vers le milieu.

Toile. Haut., 60 cent.; larg., 45 cent.

230 — Sirvent. *Deux Majestés.*

Signé à droite, en bas.

Toile. Haut., 45 cent. 1/2 ; larg., 55 cent.

231 — Sisley (A.). *Coucher de soleil aux environs de Montpellier.*

A gauche, un bouquet d'arbres. A droite, la plaine, puis un grand ciel où se trainent des clartés d'incendie. Dans le premier plan, au milieu, deux personnages enlacés s'éloignent suivis d'un chien.

Ce panneau fut peint par Sisley à Montpellier, où il était allé consulter le docteur Granet, en pastiche de Monticelli, aux environs de 1896.

Signé à droite, en bas : *A. S.*

Panneau. Haut., 22 cent. 1/2 ; larg., 33 cent.

232 — Trouillebert. *Laveuse au bord de l'étang.*

Signé à droite, en bas.

Toile. Haut., 58 cent.; larg., 50 cent.

233 — Verhœsem (A.). *Le Paon, le coq et les poules.*

Signé à gauche, en bas : *1869.*

Panneau. Haut., 13 cent.; larg., 16 cent. 1/2.

234 — Vuillefroy. *Bœufs à la fontaine commune.*

Signé à droite, en bas.

Panneau. Haut., 19 cent.; larg., 24 cent.

Dessins, Aquarelles, Pastels modernes

235 — BALLERIN. *La Marne à La Varenne.*

Signé à droite, en bas.

Aquarelle. Haut., 23 cent.; larg., 29 cent.

236 — CARÈS (A.). *Une Place du marché, en Espagne.*

Signé à gauche, en bas.

Aquarelle. Haut., 21 cent.; larg., 29 cent.

237 — CARÈS (A.-P.). *Barques à voiles sur la Méditerranée.*

Signé à droite, en bas.

Aquarelle. Haut., 19 cent. 1/2; larg., 37 cent.

238 — COGNIET (Léon). *Napoléon Ier.*

Dessin à la plume. Haut., 19 cent.; larg., 15 cent.

239 — DOFIQUOLLE (E.). *Paysages.*

Quatre aquarelles dans un même cadre.

1° Signée à gauche, en bas.

Haut., 9 cent. 1/2; larg., 11 cent.

2° Signée à droite, en bas.

Haut., 10 cent.; larg., 12 cent. 1/2.

3° Signée à gauche, en bas.

Haut., 10 cent.; larg., 12 cent. 1/2.

4° Signée à droite, en bas.

Haut., 12 cent.; larg., 15 cent. 1/2.

240 — Engalier. *Le Passeur.*

Signé à gauche, en bas.

Aquarelle. Haut., 6 cent.; larg., 8 cent.

241 — Engalier. *Le Passage du gué.*

Signé à gauche, en bas.

Aquarelle. Haut., 5 cent.; larg., 10 cent.

242 — Fernin. *Au Jardin de Paris.*

Signé à droite, en bas.

Aquarelle. Haut., 31 cent.; larg., 25 cent.

243 — Forcella. *Farniente.*

Signé à gauche, en bas.

Aquarelle. Haut., 15 cent. 1/2; larg., 24 cent.

244 — Fraipont. *Cristaux et orfèvrerie.*

Signé à gauche, en bas.

Dessin à la plume. Haut., 27 cent.; larg., 19 cent.

245 — Jourdain (Roger). *Au Cabaret.*

Dessin à la plume rehaussé de lavis d'encre de Chine. En bas, une dédicace au peintre Duez.

Signé à droite, en bas.

Haut., 25 cent.; larg., 42 cent. 1/2.

246 — Lécuyer (Paul). *Un Coureur de bordées.*

Dessin à la plume sur papier gris.

Signé à droite, en bas.

Haut., 27 cent. 1/2; larg., 20 cent. 1/2.

247 — NEMO. *Odalisque.*

Signé à droite, en bas.

Aquarelle. Haut., 25 cent. 1/2; larg., 16 cent.

248 — PASCAL (P.) *Campement dans le désert.*

Signé à gauche, en bas.

Aquarelle. Haut., 20 cent.; larg., 28 cent. 1/2.

249 — PASCAL (P.). *Les Barques sur le Nil.*

Signé à gauche, en bas.

Aquarelle. Haut., 20 cent.; larg., 28 cent.

250 — PELLEGRIN. *La Leçon de guides.*

Signé à droite, en bas.

Aquarelle. Haut., 12 cent.; larg., 24 cent.

251 — PELLEGRIN. *Attelés en flèche.*

Signé à droite, en bas.

Aquarelle. Haut., 15 cent.; larg., 24 cent.

252 — PELLEGRIN (C.). *Un Galop.*

Signé à droite, en bas.

Aquarelle. Haut., 14 cent. 1/2; larg., 22 cent.

253 — PELVAIRE. *Le Tambourinaire.*

Signé à gauche, en bas.

Aquarelle. Haut., 21 cent.; larg., 14 cent.

254 — ROSA BONHEUR. *Trois Faons.*

Dessin provenant de la collection Marmontel.

Haut., 15 cent.; larg., 25 cent.

255 — RIVOIRE. *Roses et violettes.*

Signé à gauche, en bas.

Aquarelle. Haut., 27 cent. 1/2 ; larg., 38 cent. 1/2.

256 — RUDDER (H. DE). *Une Aubade.*

Signé à droite, en bas.

Pastel. Haut., 33 cent.; larg., 26 cent.

257 — STERNYS (G.). *Au Marché aux fleurs.*

Signé à droite, en bas.

Aquarelle. Haut., 17 cent.; larg., 13 cent.

258 — VERNAY (V.). *Le Saule.*

Dessin rehaussé de pastel.
Signé à droite, en bas.

Haut., 38 cent.; larg., 48 cent.

259 — VERNAY (P.). *Le vieil Aqueduc.*

Dessin rehaussé de pastel.
Signé à droite, en bas.

Haut., 31 cent.; larg., 52 cent.

260 — VOILLEMOT. *Bacchante.*

Signé à droite, en bas.

Aquarelle. Haut., 28 cent. 1/2 ; larg., 18 cent.

261 — Tableaux, aquarelles et pastels non catalogués.

www.ingramcontent.com/pod-product-compliance
Ingram Content Group UK Ltd.
Pitfield, Milton Keynes, MK11 3LW, UK
UKHW021545260726
13993UKWH00002B/644

9 782329 477749